무엇으로

How can

정미진   최재훈
Mijin Jung   Jaehoon Choi

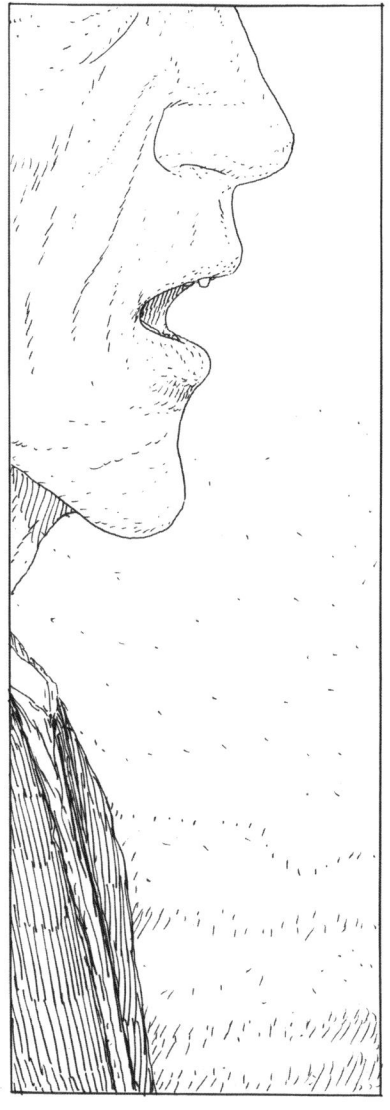

파스텔색, 부드러움, 깨끗함, 반짝임.
Pastel, tender, clean, sparkling.

모든 걸 가진 사람.

A man who has everything.

모두가 그를 좋아해.

Everyone likes him.

그가 지나가면 모두들 입을 모아 말하지.

Everyone says the same thing whenever he walks past.

그는 믿을 만한 사람이야.
그는 정말 친절해.
그는 언제나 미소를 띠고 있어.
그는 우리의 친구야.

He is a reliable person.
He is very kind.
He is always smiling.
He is our friend.

그는 환하게 웃으면 말해.

He replies with a big smile on his face.

맞아. 나는 너의 친구야.

You are right. I am your friend.

어두운 색, 꺼슬꺼슬함, 더러움, 질척거림.
Dark, rough, dirty, muddy.

모든 걸 가진 사람.

A man who has everything.

모두가 그를 싫어해.
Everyone hates him.

그가 지나가면 모두들 입을 모아 말하지.
Everyone says the same thing whenever he walks past.

그는 믿을 수 없어.
그는 불결해.
그는 늘 인상을 쓰고 있지.
그는 정말 위험한 존재야.

He can not be trusted.
He is filthy.
He is always frowning.
He is a real danger.

그는 무표정한 얼굴로 말해.

He speaks with a straight face.

맞아. 그럴 수도.

You are right. Maybe I am.

세련됨, 상쾌함, 둥근, 자연스러움.
Sophisticated, refreshing, well-rounded, natural.

그가 하는 말은 무엇이든 진실.
Whatever he says is true.

그의 행동은 모두의 모범이 되지.

His behavior serves as an example for everyone.

아이들이 우러러봐.

Children respect him.

와, 나도 커서 저 사람처럼 되고 싶어.
Wow, I want to be like him when I grow up.

촌스러움, 불쾌함, 모난, 미숙함.
Old fashioned, unpleasant, unfit, immature.

그가 하는 말은 무엇이든 거짓.

Anything he says is a lie.

그의 행동은 모두의 눈총을 받아.

His behavior is condemned by everyone.

부모들은 아이들의 눈을 감기지.

Parents do not let their children see him.

안 돼, 너는 절대 저 사람처럼 되면 안 돼.

No, you should never be like him.

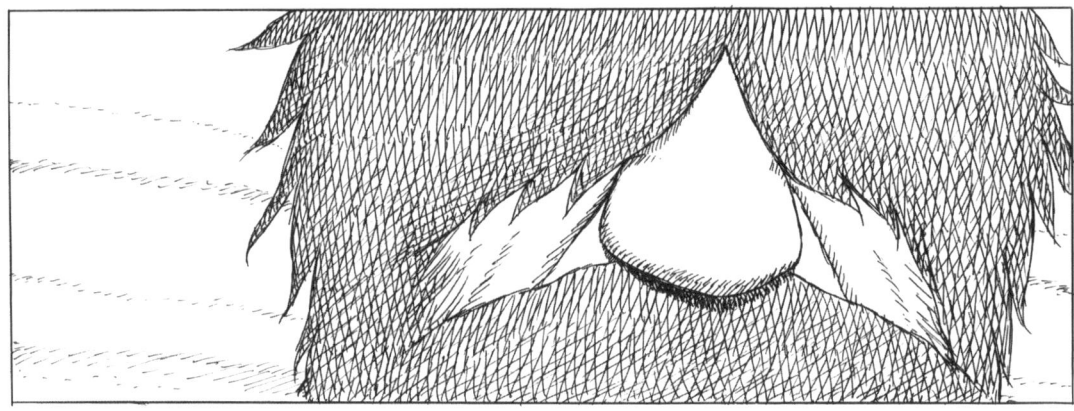

내가 무섭니?

Do you fear me?

달콤함, 숙면, 좋은 꿈,

Sweetness, deep sleep, good dreams,

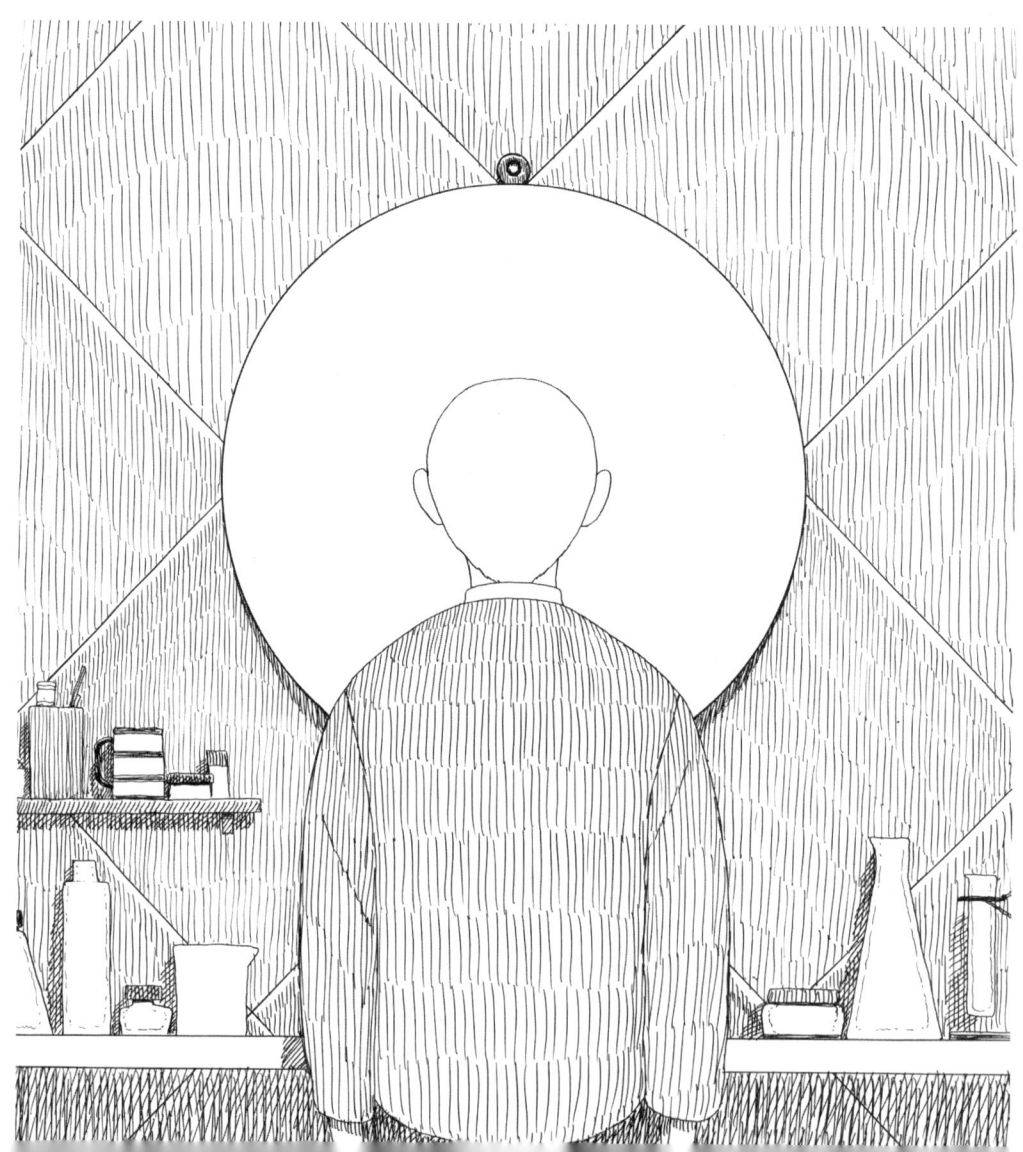

나는 좋은 사람.

I am a good person.

쓸쓸함, 불면, 악몽,

Bitterness, insomnia, nightmare,

불행.

Hard luck.

나를 믿지 마.

Do not trust me.

나는 위험할지도 몰라.
I might be dangerous.

그는위험하지 않아

He is not dangerous.

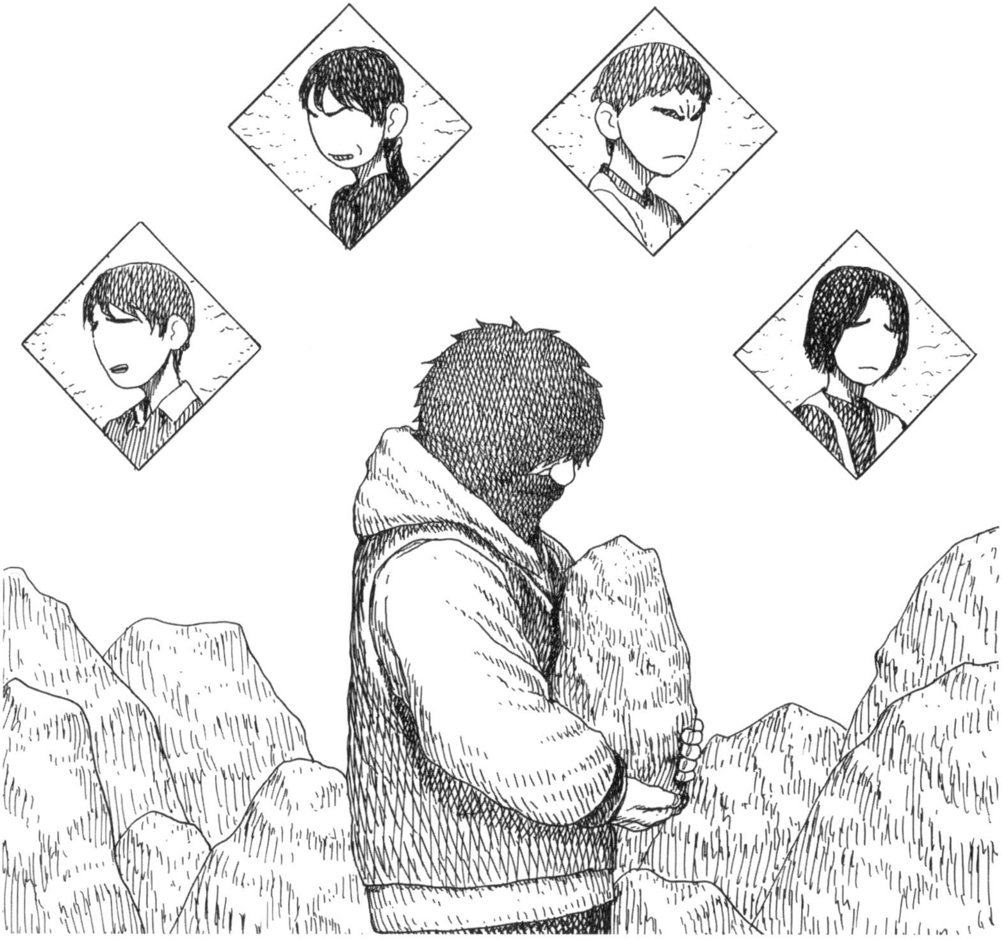

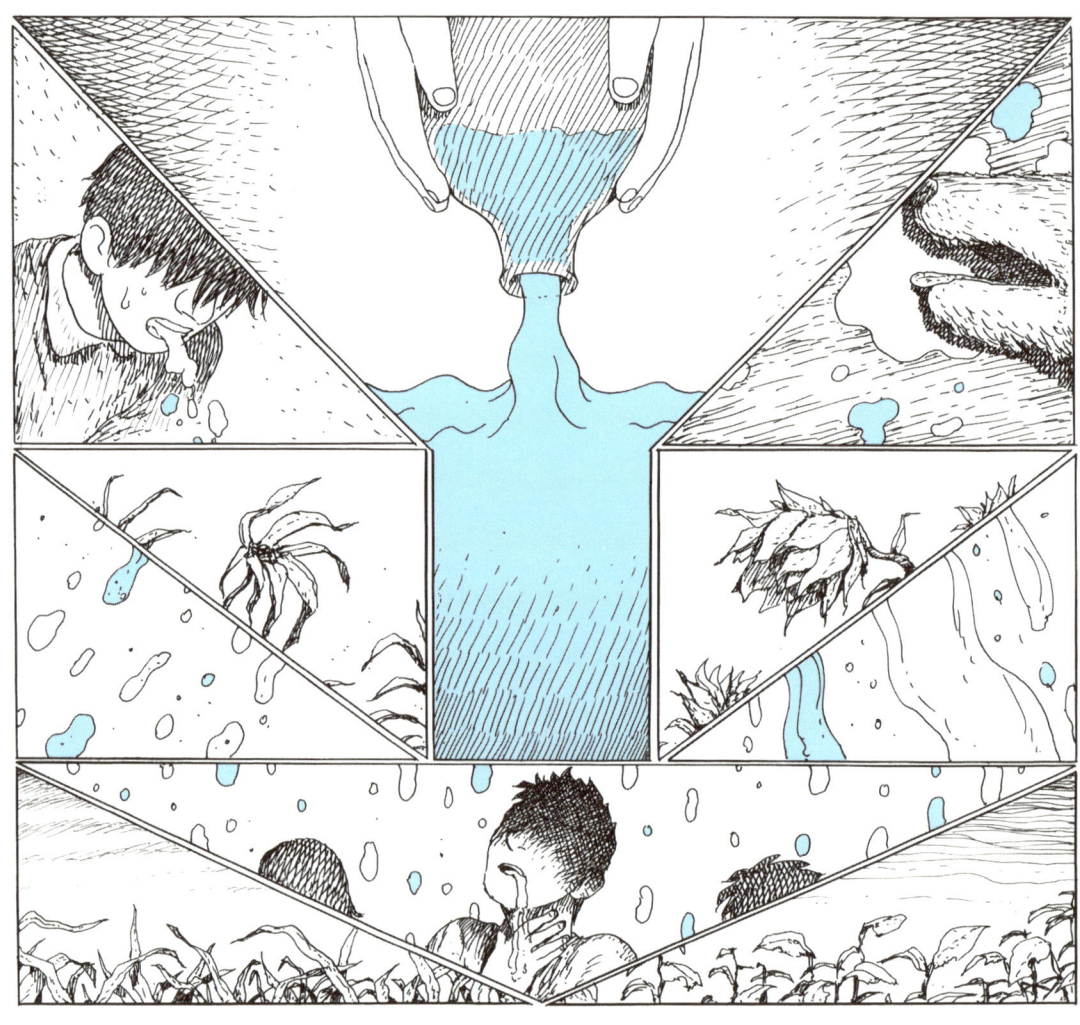

선은 어떻게 생긴 걸까?

What does 'virtue' look like?

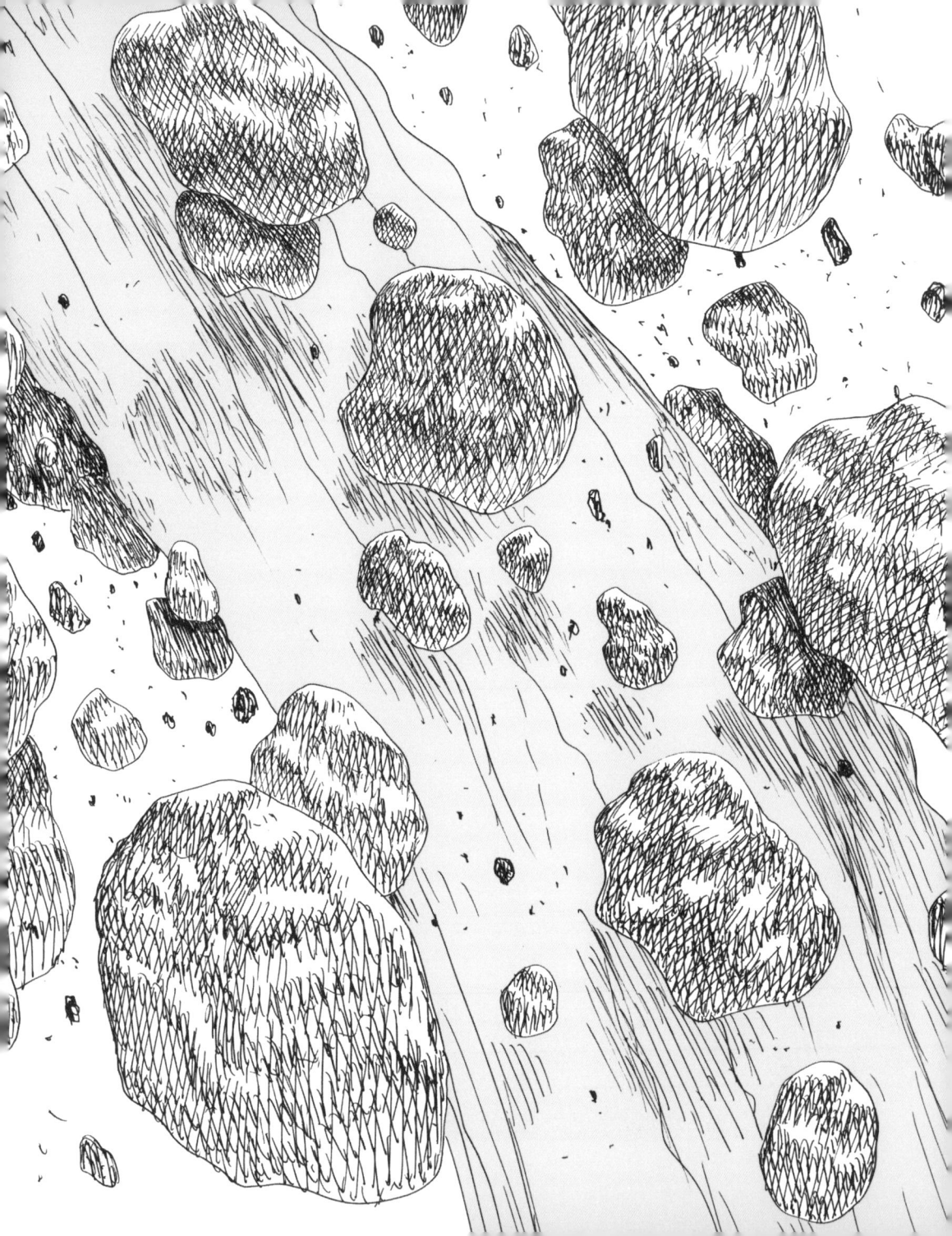

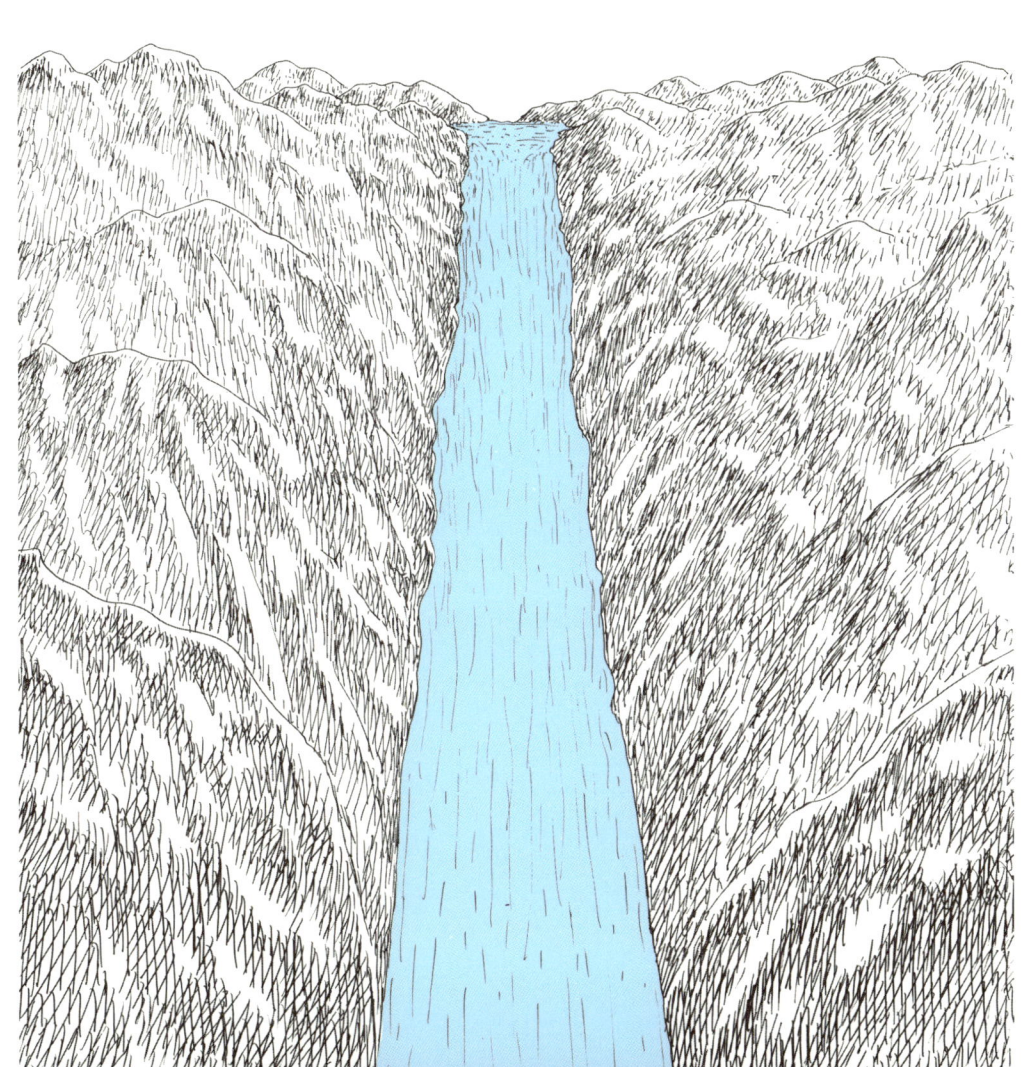

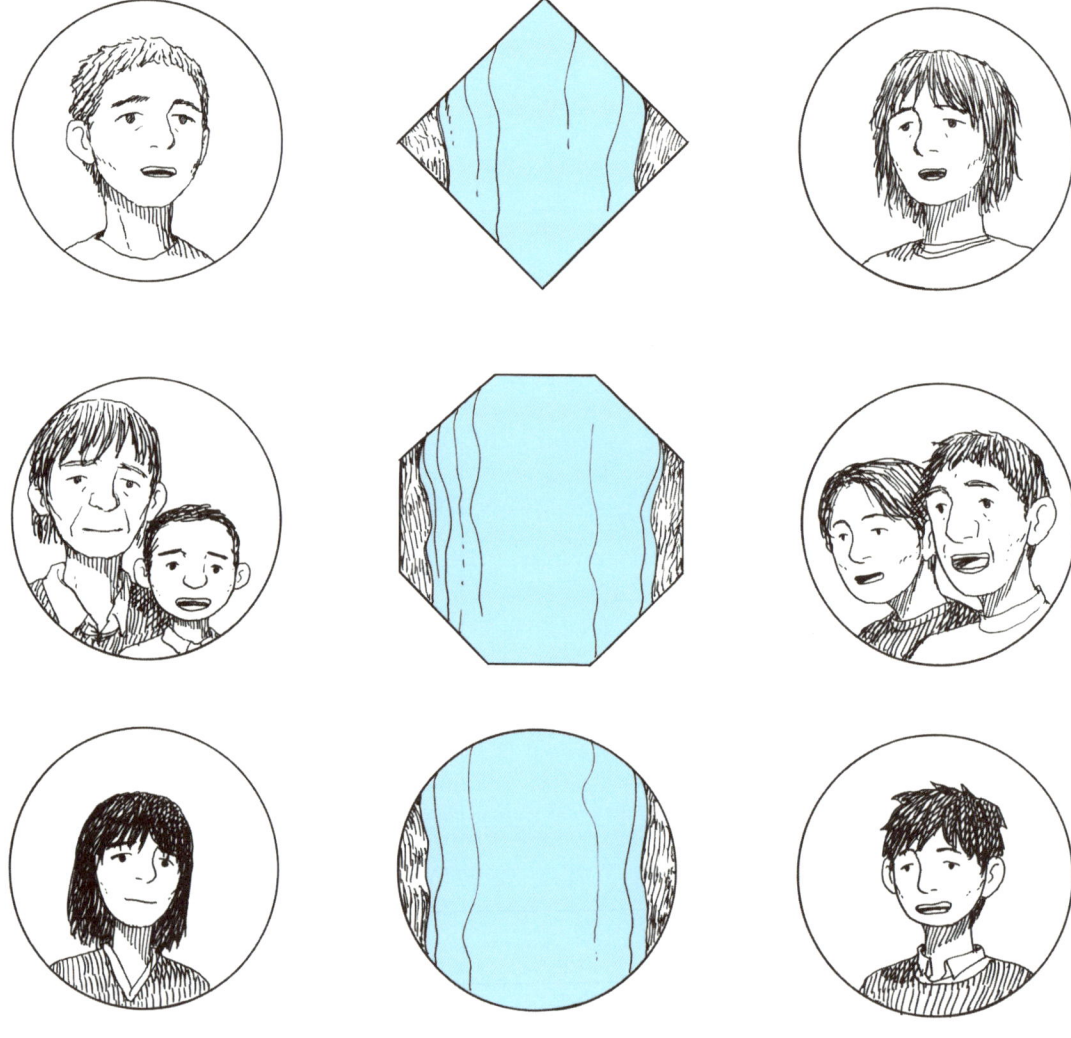

악은 어떻게 생긴 걸까?

What does 'vice' look like?

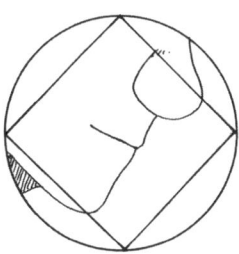

모양, 냄새, 감촉, 소리, 맛.

Shape, smell, touch, sound, taste.

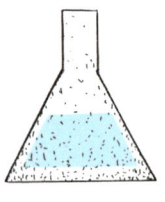  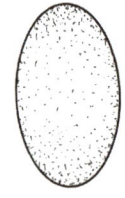 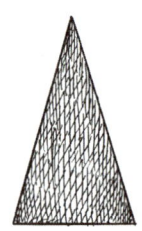

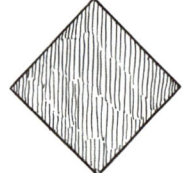 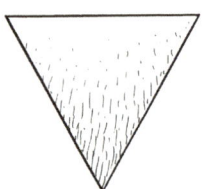  

무엇으로 구분할 수 있을까?

How can one distinguish those two?

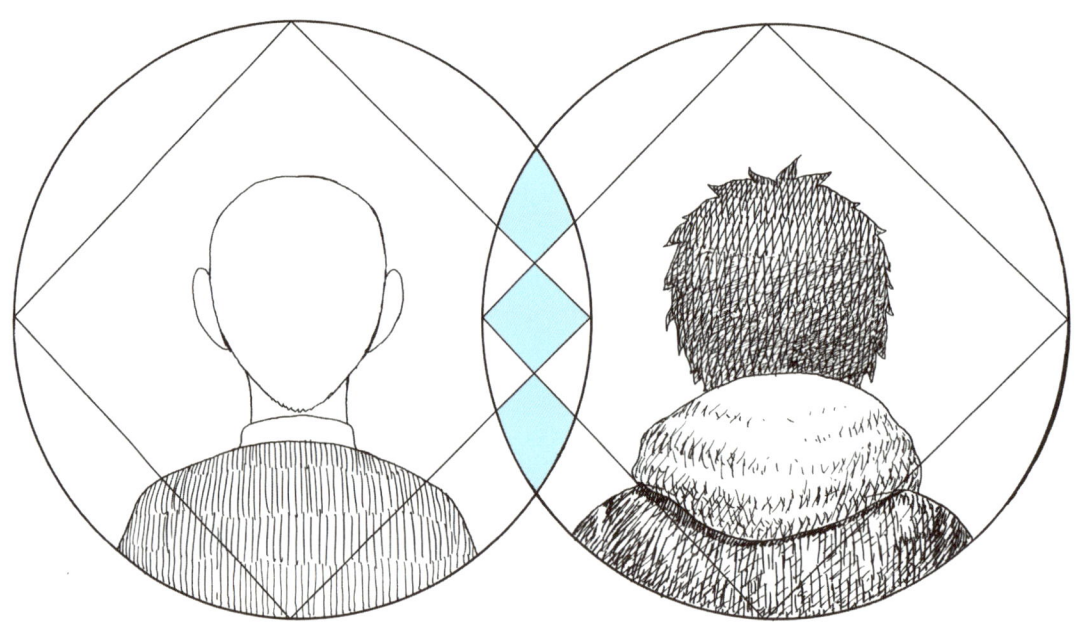

정미진
글을 쓰고 이야기를 만듭니다.
언제까지나 이야기꾼으로 살고 싶습니다.

최재훈
만화와 그림 일을 하고 있습니다.
만화를 보고 알리는 일도 하고 있습니다.

at|noon *books*

정오의 따사로움과 열정을 담은
어른들을 위한 그림책을 만듭니다.

무엇으로

초판1쇄 인쇄일 2019년 6월 2일
초판1쇄 발행일 2019년 6월 18일

글	정미진
그림	최재훈
펴낸곳	atnoonbooks
펴낸이	방준배
디자인	BBANG
번역	이은정
교정	엄재은
등록	2013년 08월 27일 제 2013-000257호
주소	서울시 마포구 연남로 30

홈페이지	www.atnoonbooks.net
온라인몰	www.atnoonstudio.net
페이스북	atnoonbooks
인스타그램	atnoonbooks
연락처	atnoonbooks@naver.com

ISBN 979-11-88594-07-8
이 책의 글과 그림의 일부 또는 전부를 재사용하려면
반드시 저작권자의 동의를 얻어야 합니다.
ⓒ 정미진, 최재훈 2019

이 도서의 국립중앙도서관 출판예정도서목록(CIP)은
서지정보 유통지원시스템 홈페이지(http://seoji.nl.go.kr)와
국가자료종합목록 구축시스템(http://kolis-net.nl.go.kr)에서
이용하실 수 있습니다. (CIP제어번호 : CIP2019019897)

정가 16,000원